한국 희곡 명작선 99

들꽃상여

최기우

평민사

罪기우

들꽃상여

기획 의도

동학농민혁명은 백성이 주인 되는 세상을 위해 분연히 일어섰다가 찬란히 부서져 내린 이들의 염원이다. 험난한 시대, 나라다운 나라를 만들기 위해 나라 너머의 나라를 꿈꾼 혁명군이 우리에게 전해준 차고 시린 꿈이다.

동학의 현장에 있던 이들이 알게 모르게 꿈꾸던 세상은 사람들과 같이 사람답게 사는 것. 지금까지 사람대접을 못 받았으니 이제라도 새 세상을 만들어 사람들과 더불어 사람같이 살고 싶었을 것이다. 〈들꽃상여〉는 이름은 기록돼 있어도 똑같은 흔적으로 남은 사람들, 이름도 불리지 않고 기억되지도 않는 사람들, 이름도 짐작할 수 없는 사람들⋯ 이름 없는 자들에 관한 이야기다. 한두 줄로 남은 그들의 행적을 좇고, 이름을 다시 부른다.

우리의 역사는 좀 더 짚요한 기억과 꼼꼼한 기록이 필요하다. 실체를 드러내야 확고한 역사가 된다. 눈에 보이고 손으로 만져질 때 귀에 들리고 입으로 말하게 된다. 동학농민혁명군의 농민이 보이고 만져질 때 당당한 역사의 자부심과 긍지가 더 높아질 것이다.

작품 내용

극단 〈까치동〉 단원들이 한두 줄의 비슷한 행적만 남기고 산화한 동학농민혁명 참가자들의 곡절과 곡절을 떠올리며 자신의 삶을 돌아보고, 세상에 당당하게 맞설 것을 다짐하며 무명 농민군의 넋을 위로하는 꽃상여를 띄운다.

단원들은 동학농민혁명, 전주, 집강소를 소재로 연극을 준비한다. 전봉준과 홍계훈, 전주서전투와 전주화약을 두고 우신갑신하며 작품을 만들어 간다. 단원들은 작품성과 대중성, 예술성과 상업성 두 영역에서 고민이 많다. 익숙한 작품과 낯선 작품의 경계에서 갈등하며 대립을 거듭하다 타협과 협력의 길을 택한다.

단원들은 "이름 모를 동학농민군 지도자의 유골이 2019년 125년 만에 전주에 안치된다"라는 기사를 보고 '이름 모를 동학농민군'에 깊은 관심을 둔다. 지금껏 '동학은 전봉준'으로만 알던 단원들은 이름과 한두 줄의 행적만 남은 수많은 사람과 그들의 사연을 탐구하며 혁명의 역사를 알아 간다. 1894년 봄, 포성 가득한 전주에 있던 사람들. 자신의 집을 집강소로 내준 백정 동록개·언년이 부부와 전주성전투에서 숨진 열네 살 소년장사 이복룡, 사람들과 어울려 놀기를 즐기는 또랑광대 소리쇠·언년(무장대) 부부, 그리고 이름도 없이 산화한 개똥이와 언년이들이다. 특히, 이복룡은 동록개·언년이 부부를 만나면서 사람의 귀함과 존중을 알게 되고, 자신의 목숨을 희생하며 동료들을 구하고 죽으며 '소년장수'의 칭호를 얻는다. 백정의 신분을 자식들에게 물려주고 싶지 않은 동록개·언년 부부는 고향인 김제 원평의 집강소를 위해 자신의 집을 내놓는다.

단원들은 혁명에 참여한 민초들의 삶과 지금의 대한민국과 청년들이 처한 현실을 비교해 가며 조금씩 성장해 간다. 전주 완산공원 '녹두관'에 유골을 영구 안장하는 날, 단원들은 이름 없이 산화한 동학농민군을 위해 들꽃상여를 만든다. 화약을 체결하고 집강소를 설치해 민·관 협치 혁명의 꿈을 실현해 나간 혁명군의 자취를 따라 꽃상여 행렬을 잇는다.

등장인물

김문단(김서방), 도광수(동록개), 박순정(언년이), 소민철(소리쇠), 이목련(이복룡), 전기준(전봉준), 최미영(연출), 홍아영(무장대)

때 · 곳

2019년 늦은 봄날, 전주 극단 〈까치동〉 연습실

무대

중앙은 주 이야기가 진행되는 공간으로 극단 연습실, 동학군 놀이마당, 전주성, 완산칠봉 등으로 쓰이지만, 특별한 배경과 장치는 없다. 한쪽에 인형극 무대가 있다.

구성

1막 〈장군 전봉준〉
2막 〈백정 동록개〉
3막 〈농민군 찾기〉
4막 〈또랑광대 소리쇠〉
5막 〈여자 이소사〉
6막 〈여자 언년이〉
7막 〈씨름꾼 이복룡〉
8막 〈들꽃의 넋〉

1막 〈장군 전봉준〉

장엄한 음악이 낮게 흐른다. 멀리서 들리는 북소리, 점점 커지고. 어둠 속에 복장과 분장을 다르게 한 네 명의 전봉준. 차례로 불이 켜진다.

소민철 (전봉준1, 봉기를 독려하며) 우리가 의를 들어 여기에 이른 것은 창생(蒼生)을 도탄(塗炭)에서 건지고 국가를 반석에 두고자 함이다. 안으로는 탐학한 관리의 머리를 베고, 밖으로는 횡포한 강적의 무리를 내쫓고자 함이다.

전기준 (전봉준2, 전투에 나서기 전) 임진년에도 나라의 주인이라 외쳤던 왕과 신하는 도망쳤지만, 이순신 장군과 전라도 백성은 목숨을 걸고 전장에 나섰다. 칼을 들어라, 낫을 들어라, 쇠스랑을 들어라!

김문단 (전봉준3, 포승줄에 묶인 채) 모든 사람을 하늘로 모시는 세상을 만들겠다는 것이 무엇이 잘못인가? 경복궁을 무단으로 점령하고 국정을 농단하는 왜놈들을 몰아내려 한 것이 무엇이 잘못인가?

도광수 (전봉준4, 죽음을 앞두고) 죽는 것은 억울하지 않으나 역적이라 칭함이 가당치 않다! 백성의 고혈을 짜내는 탐관오리를 징벌하여 그릇된 정치를 바로잡겠다는 것이 오직 우리의 일이었다.

소민철·전기준 (전봉준1·2) 우리는 백성의 생명을 보호하는 일에 무능한 이 나라,

김문단·도광수 (전봉준3·4) 백성을 버린 이 나라의 자존을 위해 싸울 것이다.

다같이 (전봉준1·2·3·4) 우리는 협박과 회유에 굴하지 않을 것이며, 당당히 죽음의 길을 택할 것이다. (동작을 멈춘다)

배경음악이 TV 뉴스(전주문화방송 2019년 5월 28일)와 섞여 오류가 난다.

(E·뉴스) 동학농민군의 유골을 전주에 안장하려던 계획이 불투명… 전주지방법원 민사 재판부는 농민군 유골에 대한… 가처분 신청을….

배우들이 멈춘 동작에서 버티지 못하고 넘어진다. 키득거리는 웃음소리.

최미영 불 켜!

불이 켜지면 소민철·전기준·김문단·도광수가 있고, 한쪽에 대본을 든 최미영·이목련이 있다.

최미영 애들아, 운동 좀 하자. 몸이 너무 굳었어.

도광수 동학은 역시 봉준이 성이지. 확 살잖아. 안 그래?

소민철 난 맘에 안 들어. 언제까지 전봉준이야?

도광수 보편성! 관객들이 전봉준만 아는데 어떡하냐? 폼도 나고. (최미영 보고) 연출, 어때? 나 괜찮았지?

전기준 애쓰지 마요. 다들 안 어울리잖아. (으스대며) 안녕하세요. 주님입니다. 한 번 주니는 영원한 주님입니다. (연출 보며) 안 그래요?

최미영 나도 모르겠다. 막내야, 네 느낌은 어땠어?

이목련 멋있어요. 근데 재미없어요.

최미영 찾아보면 뭔가 있을 것 같은데….

소민철 처음부터 잘못된 거 아니에요? 그때 술자리에선 농민군을 주인공으로 한다고 했잖아요. 집강소도 넣고.

최미영 그러게. 그랬지. 그랬던가? 그랬지. 그런데 아는 게 없어.

도광수 고민하지 마라. 전봉준이 옳다. 관객은 전혀 모르는 것보다 조금 아는 척할 수 있는 이야길 좋아해.

소민철 전봉준은 많이 했잖아요.

도광수 그럼 뭐 해. 기억나는 공연 있어?

전기준 (나서며) 내가 전봉준으로 나왔던 〈새야 새야 파랑새야〉.

소민철 거봐요. 맨날 새야 새야 파랑새야….

도광수 그게 동학이니까. 잘 만들어서 비싸게 팔자! (다들 관심이 없자) 공연 열심히 해서 우리도 소고기 먹자!

전기준·김문단 소고기? 소고기! 소고기!

최미영 그래도 아쉬워. 새로운 이야기 없을까? 동학 참여자가 수

십만 명인데, 알려진 사람은 극히 적어. 농민군에 이런 사람, 저런 사람이 있었다, 알려주면 좋을 텐데.

도광수 배틀이라도 할까? 동학농민군 구구절절 스토리텔링 연극제?

최미영 소재를 넓히자는 거야. 아는 게 없어서 부끄럽기도 하고.

도광수 작품 바꿀 거야? 나랑 기준이랑 밤을 꼴딱 새워 가면서…, (화를 내며) 니들이 동학을 알아? 동학에 전봉준, 김개남, 손화중, 김덕명, 최경선 5대 장군 말고 누가 또 있어?

박순정이 신문을 들고 들어온다.

박순정 우리 작품 잘될랑갑다. 시작부터 화끈하게 싸우네.

다같이 선배님 나오셨어요?

박순정 그니까, 멀쩡한 작가를 두고 왜 고생이야? 진료는 의사에게, 약은 약사에게, 희곡은 최기우에게! 몰라?

다같이 비싸요!

박순정 오케이. 노코멘트.

최미영 혁명의 주체는 농민인데, 그 사람들 이름이나 행적은 찾기 힘들어요.

박순정 역사의 모순이지. 역사는 기록으로 기억을 새기는 일이지만, 빠지거나 빠트린 사실들, 기록되지 않은 기억은 결국 사라지고 마니까. 이거 볼래?

박순정이 기사를 보여주고, 소민철에게 신문을 준다.

소민철 제가 읽겠습니다. '녹두관에 안치될 유골은 동학농민혁명
당시 일본군에 처형된 무명의 농민군 지도자 머리뼈다.
1906년 한 일본인이 인종학 연구를 위해 일본으로 옮긴
것이다.'

다같이 유골? (몰려들어 신문 기사를 본다)

도광수 무시무시한데?

최미영 (기사를 살피고) 이름 모를 동학농민군 유골이 125년 만에
전주에 안치된다… 안장식?… 우리도 하자! 전주와 관계
된 농민군, 유골도, 이름도, 흔적도 없는 농민군을 찾아서
작품 만들자.

소민철 농민군 찾기? 좋아요.

이목련 오! 멋있어요. 발굴의 의미도 있고, 추모도 하고.

최미영 추모? 그럼 상여도 띄울까?

다같이 상여?

최미영 상여… 오늘은 여기서 마무리. 각자 집에 가서 더 찾아보
고 고민하자.

도광수 지금 대본 좋은데, 그냥 하자. 내가 전봉준. (다들 노려보면)
그래, 찾아보자! 고민하자! 열심히! 우선 밥부터 먹자!

소민철 · 도광수 · 김문단 · 박순정 · 최미영 나간다. 전기준이 이목
련을 붙잡는다.

전기준　나 좀 도와줘.

이목련　제가 무슨 힘이 있다고… 아니에요. 말이나 해 봐요.

전기준　원래 이 작품 마무리로 생각한 내용이 있거든… 전주 하면 집강소, 집강소 하면 동록개잖아. 알지?

이목련　동록개? 그게 뭐예요?

전기준　몰라? 정말 몰라? 원평 가면 있어. 집강소의 유일한 실체! 자기 집을 집강소로 쓰라고 줬대.

이목련　공짜? 우와! 집이 서너 채 됐나? 아니면 마누라가 한말(韓末)의 복부인?

전기준　그건 모르지.

이목련　부부 싸움은 했겠죠?

전기준　당연하지.

이목련　근데 동록개는 왜요?

전기준　회의할 때 도와줘. 동학에서 젤 중요한 게 동록갠데, 아무래도 농민군에 초점을 맞추면 빠질 것 같아서.

이목련　농민군은 아니었어요?

전기준　그것도 모르지… 농민군을 했으면 아무 문제없는데… 농민군을 했을까, 안 했을까?

이목련　집을 통째로 내놨으면 뭔 사건이 있겠죠? 농민군 하면서….

전기준　(뭔가 생각났다는 듯 표정이 밝아진다) 넌 천재야!

이목련　근데 맨입으로?

전기준　열악한 연극배우의 주머니를 강탈하려느냐? 이런 조병갑

같은 놈!

이목련이 도망가고 전기준이 쫓아가면서 암전.

2막 〈백정 동록개〉

활기찬 음악.

최미영 (나오며) 다들 준비됐지? 동록개 장면이야. 전주성전투 끝
나고 집강소 일을 도우러 고향 가는 동록개. 동록개는 도
광수, 김서방은 김문단, 언년이는 박순정. 지게에 큰 짐을
진 동록개가 나온다. (살피고) 뭐 해, 안 나오고. (들어간다)

동록개(도광수)가 지게에 짐을 지고 급하게 나온다.

동록개 (손으로 코를 풀어 길가에 던지다가, 관객 한 사람을 붙잡고) 그짝은
전주 산다고 혔지요? 나는 고향 가오. 뭐, 반나절만 싸게
걸어가믄 되는디. 장군님이 고향 가서 집강소 일을 도우
랑게….

낡은 갓을 쓴 김서방(김문단)이 팔자걸음으로 나온다.

동록개 (반갑게) 얼굴도 못 보고 가는 줄 알았소.
김서방 (모른 척 피해 가려다 돌아와서) 나에게 한 말이냐?
동록개 왜 그러시오?
김서방 허, 참나! 말세로다, 말세야. 아무리 동학 세상이 됐다고

해도 천한 쌍것이 귀한 양반님에게….

동록개 동학은 신분이 없고… 우린 같은 편이라고…. (김서방의 소
매를 잡으며)

김서방 (동록개의 손을 내치며) 더러운 백정이 어딜 잡느냐? (소매를 털
다가 아예 그 부분을 찢는다) 네 이놈! 강상죄(綱常罪)를 모르느
냐? 네놈이 치도곤을 당해야….

동록개 (엎드리며) 잘못했습니다요. 한 번만 용서해 주십시오.

김서방 (발로 차고) 운 좋은 줄 알아라.

김서방이 나간다. 동록개가 멍하니 보다가 주저앉는다.

동록개 세상 변한 거 아니었어? 백정은 언제까지나 백정인 거
여?… 그려. 하루아침에 변할 일 없제. 양반이고, 부자고,
몽땅 헛되고 헛된 것이여. 이 썩을 놈의 세상이 확 바뀌들
안 허믄….

아이를 업고 머리에 보따리를 인 언년이(박순정)가 들어온다.

언년이 해찰허다 해 지긋소. 꾸물거리들 말고 후딱 갑시다.

동록개와 언년이가 걷는다. 동록개는 뭔가 골똘히 생각하는 것이
있다.

15

언년이 긍게… 집강소가 뭐여?

동록개 누구나 다 똑같은 곳이랴. 상전도 읎고 양반님네도 읎고.

언년이 우리 같은 백정만 모여 산대?

동록개 아니. 다 있긴 허제.

언년이 그믄 뭣이 똑같어? 높은 사람은 낮아지고, 낮은 사람은 높아진다는 겨?

동록개 양반, 평민, 백정, 이런 신분이 아예 읎다니까.

언년이 읎다고? 생각만 혀도 재미지네. 그믄 너나 나나 모다, 야, 야, 김씨야, 좀 썼고 댕기라, 목구녘서부텀 때꾸장물이 좔 좔 흐른다, 그리도 되긋네?

동록개 (멈춰서) 당신은 참말로 생각이 못 쓰것네. 왜 야, 야, 헐 생각부텀 혀? 우리 님, 귀헌 님 험선 먼저 인사하고 위해줄 생각은 안 허고.

언년이 그놈의 인사는 양반님네 똥지게 똥가래만 봐도 히싸서 더 이상 못 허것는디.

동록개 그믄 맞절이라도 히야지. 진지는 자셨습니까요? 밥은 꼭꼭 씹어 드시오. 하루 밥 한 끼만 먹어도 만병통치 만사형통인게요.

언년이 고놈의 밥은 빠지들 않소.

동록개 천지간으 젤로 좋은 것이 밥 아닌가… 임자. 내가 맘먹은 것이 있는디, 들어볼 겨?

언년이 (빤히 보다가) 안 듣는 것이 좋을 것 같은디. 당신 말 들으믄 뭔가 크게 손해 볼 것 같은 느낌이 확 오는고만.

동록개 임자, 장군님이 큰일 허도록 우리가 힘을 보태는 것은 어떠?

언년이 우리가 뭣이라고 힘을 보태?

동록개 아무것도 아닌게 힘을 보태제, 있는 놈이믄 허것어? 움켜 쥐고 오므리고 숨기고 감추고 그러것제. 세상 존 일은 우 리같이 없는 사람이, 모지랜 사람이 허는 거여.

동록개가 언년이에게 귓속말을 한다.

언년이 (화를 내며) 미쳤구만, 미쳤어. 모처럼 뜨신 밥 멕이났더니 왜 헛소리여. (나간다)

동록개 (큰 소리로) 나는 맘먹었구만. 장군님 오시믄 말씀드릴 것잉 만. … 우리가 갖고 있어도 우리 것이 아녀. 암만.

언년이 (들어온다) 가다가 생각헝게 더 화가 난만. 거그가 당신 혼 자 사는 디여? 누구 맴대로 주고 말고를 혀. (가려다가 돌아서 서) 집이 들어올 생각 말어.

동록개 임자랑 나랑 첨으로 사람대접 받은 거 아녀. 임자, 임자! 같이 가.

언년이가 씩씩거리면서 나간다. 동록개가 따라 나간다.
전봉준(전기준)이 들어온다. 한가운데 무릎을 꿇고 앉는다. 최미 영의 말에 따라 오른쪽 끝으로 가고, 한쪽 무릎 꿇고 앉는다.

최미영   (들어오며) 좋아! 다음은 전봉준의 고뇌. 전기준, 가운데 말고 오른쪽 끝으로 가. 무릎은 한쪽만. 하늘님이시여….

전봉준   하늘님이시여, 굽어살피소서. 죽음과의 고투와 고투 끝에 집강소를 열었으나, 임금은 결국 백성을 외면했고, 일본과 청의 군대를 불러 백성을 짓누르고 있습니다. 비바람 순조로와 배부르고 등 따스워 곳곳마다 태평성세 노래하는 세상은 언제나 오겠습니까. 굽어살피소서. (최미영의 눈치를 보다가 들어간다)

최미영   전봉준 쪽 조명 어두워지고, 인형극 쪽 밝아진다. 함성이나 구호는 다 같이 해줘. 자, 다 같이.

인형극 무대 밝아진다. 홍아영과 이목련이 농민군 인형을 들고 있다.

다같이   협화합시다! 협력하고 화합하는 협화합시다!

(농민군1)   아따, 아따, 아따! 이런 시상이 올 줄 어찌 알았는가? 시상에 세금을 내지 말라니….

(농민군2)   그뿐이여? 저그 삼천 건너 추동마을, 학동마을은 고리채를 몽땅 탕감해 줬대. 돼지 잡아 순대 맨들고, 남정네들 씨름허고, 기 세워 돌리고. 꼭 백중날 같드라니까.

다같이   노비 문서를 불태워라! 토지 문서를 불태워라!

최미영   너무 짧지? 좀 더 생각해서 보완하자. 다음은 소리쇠가 김서방을 끌고 들어온다. 소리쇠는 소민철, 김서방은 김문단.

소리쇠(소민철)가 포승줄에 묶인 김서방(김문단)을 끌고 들어온다.

소리쇠 비키시오, 절루 비키시오. 아조아조 흉악헌 놈 납시오. 왜놈, 되놈, 오랑캐, 양놈 같은 놈 납시오.

전기준(전봉준)이 들어온다. 동록개와 언년이가 따라 들어온다.

소리쇠 장군님 어디 다녀오십니까?

전봉준 지난 4월 선전관 이주호와 군관들을 원평에서 참수하지 않았소. 그들의 목숨도 귀하고 귀한 것이니, 술 한 잔 뿌려주고 오는 길이오.

소리쇠 그들의 죽음도 헛되지는 않았습니다. 그날 이후 동학군에 들어온 사람도 늘었고, 군의 결기도 더 굳건해지지 않았습니까.

전봉준 그리 생각하면 참 고맙고 다행이지. 헌데 이 자는 왜?

소리쇠 이놈이 뭔 일 낼 줄 알았다니까요. 아주 왜놈, 되놈, 양놈 같은 놈입니다.

김서방 아무리 그래도 왜놈, 되놈, 양놈은 좀 심하지 않느냐?

소리쇠 넘의 땅 뺏고, 넘의 쌀 약탈허고, 넘의 아낙 희롱하고, 무지막지, 안하무인, 무지몽매, 사리사욕, 가렴주구, 주지육림만 쫓는 놈이라, 왜놈, 되놈, 양놈이라 했는데 내 말이 틀렸소?

전봉준 집강이라는 이름하에 사사로운 원한을 풀어서야 쓰것는가? 집강은 권력이 아닐세. 관과 민이 서로 고르게 어울리는 협화가 우리의 일이네.

다같이 협화합시다! 협화합시다!

김서방 나는 잘못한 것이 없는데, 이놈들이 또 매급시 그러는구나.

전봉준 우리가 폐정 안으로 신분 철폐를 결의했거늘 그대는 어찌 힘없고 갖지 못한 이들을 업신여긴단 말이오?

김서방 세상이 아무리 달라졌다 해도 백정과 겸상은 못 하겠더이다.

전봉준 사람은 모두 귀하고, 지극하고 거룩하오. 나도, 그대도, 양반도, 백정도.

김서방 나도 전 장군을 위해 용맹하게 싸웠소. 그런데 나에게 왜 이러시오.

전봉준 나를 위해 싸웠다고? 우리는 누구를 위해 대신 싸우지 않았소.

소리쇠 상종 못 헐 놈이구만. 너 같은 놈은 동학 세상에 필요 없다.

소리쇠가 김서방을 밖으로 내친다.
동록개와 언년이가 전봉준 앞으로 나온다.

동록개 장군님, 장군님.

전봉준 오랜만이오, 동지. 얼마나 애쓰고 있소.

동록개 장군님 덕분으로 집강소 일을 돕는디, 집강소가 너무 좁고 작고 불편하기 이를 데 없습니다.

소리쇠　그걸 어쩌라고. 집이라도 한 채 사 달라고?

동록개　그게 아니라… 지가 동학군이었어도, 동학 교리는 본 적
　　　도 들은 적도 없고….

전봉준　주저 말고 말하시게.

동록개　동학 세상이 오믄 백정도 노비도 아전님도 육방님도 없다
　　　고 허셨는디….

언년이　그게 참말입니까요?

전봉준　그것을 참으로 만드는 것도, 거짓으로 만드는 것도 모두
　　　우리의 몫이오. 우리가 집강소를 바로 세워 거침없이 개
　　　혁안을 추진한다면….

동록개　제 집을 농민군 도소(都所)로 써 주십시오. 지발 덕분으로
　　　다가 신분 차별 없는 세상을 만들어 주십시오.

전봉준　고맙고 감격스러운 말이오. 허지만 그럴 순 없소. 집은 부
　　　부의 재산인데, 아내의 말도 들어야 하지 않는가?

언년이　장군님, 지도 맴이 같아졌구만요. 노비 문서 태우는 것도
　　　봤고, 우릴 업신여기든 양반님네가 혼쭐나는 것도 봤고,
　　　첨으로 사람대접 받아봤다는 이 사람 말도 뭔 말인가 인
　　　자 알았고요. 우리 집부터 차별 없는 세상이 된다믄 참말
　　　로 원이 없것습니다.

동록개　임자, 고맙구만. 나는 눈을 뜨나 감으나 언년이 생각만 혀.
　　　나중에 나중에 이 집보다 훨씬 고운 집 만들어 줄게.

전봉준　부부의 마음이 그렇다면 기꺼이 받겠네. 그대 이름이 무
　　　엇인가?

동록개　천헌 놈헌티 이름이랄 것이… 동네서 개 잘 잡는다고 동록개라고….

전봉준　동록개? … 그렇다면 같을 '동' 자와 기록할 '록' 자를 넣어서 동록이라고 쓰세.

동록개　같을 동이요? 집강소서 봉게, 누구나 똑같은 사램이라는 말은 참 듣기 좋드만요. 백정 놈도 양반님네도 다 같은 사람이라고요. 같을 동, 같을 동!

전봉준　동록이란 그대 이름은 역사에 기록돼 후세의 귀감이 될 것이야.

전봉준이 동록개와 언년의 손을 잡고 앞으로 나온다.

전봉준　들어라! 우리 모두는 동록개다. 사람 사이에 높낮음이 없는 세상. 동록개의 꿈은 우리가 함께 꾸는 꿈이다. 동록개의 꿈은 우리가 함께 이뤄가야 할 조선의 꿈이다.

모두 함성을 지르면서 암전.

3막 〈농민군 찾기〉

스마트폰에서 들리는 대중가요.

김문단·이목련·홍아영이 스마트폰으로 무언가를 검색한다. 생각에 잠긴 최미영.

최미영 (왔다 갔다 하며) 동록개의 꿈… 꿈, 꿈, 꿈. 동록개도 좋은데, 전주성전투하고 거기 있던 사람들에 집중해야 할 것 같아. 마당극보다 정극이 나을 것 같고… 이건 잘 모르겠다.

홍아영 배우가 부족해서 선택했지만, 인형극 설정은 좋은 것 같아요.

최미영 그럼 다행이고.

김문단 찾았어요. '김준식. 1894년 5월 전주성전투에서 전사.' 1856년생, 서른아홉.

이목련 '서용. 1894년 3월 사촌과 함께 백산봉기 참여, 5월 전주성전투에서 전사.' (최미영이 음악을 끈다) 마흔. 전주로 검색하면 전주에서 죽었거나 전주성전투에 참여했다, 이런 내용이에요.

소민철 (들어오며) 아, 인생이 참 덧없고 슬퍼요. 삶이 한두 줄로 정리된다는 게. 어제 살펴봤는데 다들 두세 줄이에요. 같은 내용에 이름만 다르기도 하고. 어떻게 인생이 똑같지?

도광수와 전기준이 장난치면서 들어온다. 김문단과 소민철의 말에 큰 관심을 보이면서 "뭐야, 뭐야?"를 연발한다.

김문단 '이문교. 무장기포, 황룡촌전투, 전주성점령 등에 참여, 공주방면전투 패전 후 은신하다 체포, 12월 26일 총살.' 서른일곱.

소민철 '김홍섭. 전봉준의 수행비서로 폐정개혁 활동에 나섰다.'

전기준 전봉준 수행비서? 우와! 어떻게 찾았어? 성골이다.

도광수 성골까지는 아니고, 진골 정도.

김문단 위계항, 서른셋. 황화성 스물여섯. 황화성은 사촌 형 황희성과 함께 참가.

이목련 사촌끼리 참가했네. 저 집안 어떻게 하냐?

소민철 사촌끼리는 많아. 서단, 서용.

김문단 서른다섯 정덕수, 스물여섯 서상은, 서른 김경수… 대부분 이삼십 대.

최미영 전봉준, 김개남도 마흔 갓 넘었고, 손화중은 서른셋이었고….

도광수 (표정이 심각해지며) 다들 우리 또래네.

이목련 그러게. 지금까지 그런 생각은 한 번도 안 해봤는데….

도광수 동학농민혁명이… 청년들의 혁명이었어. 괜히 더 슬퍼진다.

전기준 그때 전주성엔 어떤 사람들이 있었을까?

김문단 양반부터 백정까지 별의별 사람이 다 있었겠지.

최미영	청년들이 모였으니 싸움도 하고, 신나게 놀기도 했겠지? 죽음이 문턱이어도.
김문단	여기 소년장사도 있어요. '14세 소년장사로 5월 3일 전주 성전투에서 전사.'
최미영	소년장사?
홍아영	장사 타이틀은 아무나 주는 게 아닌데. 어떤 대단한 일을 했을까?
김문단	어린 나이에 어쩌다 농민군에 들어갔을까요?
도광수	그들이 만들고자 했던 세상은 어땠을까?

최미영이 단원들에게 모이라고 손짓한다. 둥그렇게 모인 단원들.

최미영	궁금해? 궁금하면, 시작하자.
이목련	남녀 불문, 나이 불문.
전기준	배역은 자유롭게.
홍아영	마당극, 정극, 인형극. 극 형식도 자유롭게.
최미영	좋아?
다같이	좋아!

모두 '파이팅'을 외치며 부산하게 움직이다가 들어간다.

암전.

4막 〈또랑광대 소리쇠〉

소리쇠(소민철)와 동록개(도광수)가 죽창을 들고 왔다 갔다 한다.
소리쇠가 멈춰서 완산칠봉 쪽을 한참 본다.

소리쇠　해 질 무렵에는 심심찮게 포도 쏘고 그러드만.

동록개　큰일 날 소리…. 그리 심심허믄 한 가락 허시든가요.

소리쇠　좋제. 생각해 봤는디 말여. 탐관오리 잡으러 갈 적으는 춘
　　　　향전의 이몽룡이처럼, (흥에 겨워) 암행어사 출두야, 하고서
　　　　나 들어가믄 좋을 것 같어.

소리쇠의 판소리에 동록개도 추임새를 넣으며 흥에 겹다.

소리쇠　(판소리 한 대목을 낮게 흥얼거린다) 사면의 역졸들이 해 같은
　　　　마패를 달같이 들어 매고 달 같은 마패를 해같이 들어 매
　　　　고 사면에서 (소리가 점점 커진다) 우루루루루 삼문을 후닥딱,
　　　　"암행어사 출두야 출두야 암행어사 출두허옵신다" 두세
　　　　번 외는 소리 하날이 답숙 무너지고 땅이 툭 꺼지난 듯.

이복룡(이목련)과 김서방(김문단)이 교대하러 나온다.

김서방　(죽창을 내던지며) 아나 마패, 아나 똥이다, 똥. (사람들 놀라고)

소리쇠	김서방이 오늘따라 참 까시락지네. 또랑광대가 소리 한 대목 허것다는디.
김서방	에이~. 쌍것들 노는 꼬라지하고는. 저 날망어서 언제 포탄이 날아올지 모르는디.
소리쇠	날러오믄 날러오는 것이고.
동록개	허기사 틀린 말씀은 아니고만요.
김서방	(이복룡에게) 이 장사, 관군들이 또 겁나게 쏘깃지?
이복룡	(고개를 숙이고 말이 없다)….
김서방	야는 도통 말을 안 혀. 이 장사랑 있다가는 포탄이 아니라, 심심해서 죽것어.
동록개	(소리쇠에게) 쟈가 뭔 장사요?
소리쇠	몰랐능가? 저 애가 전주성 입성할 적으 서문 열어젖힌 이복룡이여, 이복룡이.
동록개	전라도 씨름판을 휘젓고 댕긴다는… 지도 들어봤어요. (이복룡에게) 장허네, 장혀. 복룡이 자네가 녹두 장군님 가차이 있음선 지켜주면 참말로 좋겠구만.

동록개가 이복룡에게 다가가 어깨를 잡으면 피한다.

김서방	그짝은 괴기 썬다고 들었는디, 우리 이 장사헌티 하대허고 그라믄 안 되지.
소리쇠	뭣을 그라믄 안 돼? 동학 시상서.
김서방	동학 시상이믄 개천 냇물이 거꾸로 흐른다더냐?

동록개 예, 맞구만요. 제가 생각이 짧았구만요. 허허.

김서방 음, (소리쇠 보고) 그나저나 뭔 정신으로 노래허고 지랄이여?

소리쇠 이 심란헌 시상서 노래라도 안 허믄 어쩌? 나헌티 소리허지 말라고 허믄 나 여그 못 있어. 이렇게 소리헐라고 고창무장서 여기까장 따라왔는디.

김서방 노래허고 싶으면 각설이 초라니 패를 따라가야지, 왜 여기서 지랄이여?

소리쇠 지대로 지랄용천헐라고 그라지. 옳거니, 이 노래가 좋것구만. (김서방을 가리키며 상여가 가락으로) 어제 죽은 김서방, 오늘 죽은 김서방, 내일 죽을 김서방, 어이 가리 넘차 어화넘.

김서방 저 주딩이를 확! 어디서 상여소릴 혀, 상여소릴? 재수 없고로.

소리쇠 '암행어사 출두야'는 싫다고 헝게 딴걸 혔제.

김서방 (소리쇠의 멱살을 잡고) 이놈이 터진 주둥이라고….

소리쇠 김서방, 왜 그려? 놔라, 놔. 말로 혀라. 안 그러믄 나도 잡는다. (김서방의 멱살을 잡는다)

이복룡 (소극적으로 말리며) 그만해요. (소리쇠에게) 자꾸 시답잖은 농지거리를 헝게….

소리쇠 '암행어사 출두야'는 동학군이 탐관오리 잡으러 갈 때 부르는 노래란 말이여. (멱살을 놓는다) 인자 놔라, 이놈아. (김서방이 멱살을 놓으면) 이 조병갑이 같은 놈아.

김서방 뭣이라고? (다시 소리쇠의 멱살을 잡는다)

소리쇠 놓고 말혀, 놓고. (멱살을 놓고) 조병갑이라고 헝게 기분 나

쁘냐?

동록개　긍게요. 이번 참엔 말씀이 좀 심허싯네요.

김서방　이 작자가… 혼이 좀 나야긋네.

소리쇠　호랭이 물어 가네. 너 몇 살이여? 어린놈의 시끼가. 어쩔
라고?

김서방　이놈! 이 천한 상놈의 새끼가… 네 이놈! 강상죄를 아느
냐? 네놈이 치도곤을 당해야… 복룡아, 아니, 이 상사, 서
놈을 번쩍 들어 저 멀리 던져 버리시게.

소리쇠　아따, 어린놈이 다 떨어진 갓 하나 썼다고 상전 노릇을
허네.

김서방　나헌티 또 조병갑이 같다고 헐 거여?

소리쇠　왜, 약 오르냐? 조병갑이가 변사또보담은 낫잖냐?

김서방　변사또? 춘향이 흠모하던 그 변사또?

소리쇠　그라제.

동록개　변사또나 조병갑이나 다 나쁜 양반이죠.

소리쇠·김서방　그라제.

소리쇠　아무리 그놈이 그놈이라도 더 나쁜 놈이 있것지? 조병갑
이는 돈에 환장헌 놈!

김서방　변사또는 여자에 환장헌 놈!

소리쇠　춘향이헌테 알짱대다 봉고파직된 놈이 사또는 무슨… 그
놈이 사또면 나는 정승판서다.

동록개　만석보 만들어서 백성들 피고름 짜내다가 쫓겨난 그놈이
군수면 난 대원군이구만요.

김서방　　네 이놈! 아무리 그래도 흥선이 대원군을… 이놈, 치도곤을 치리다.

동록개, 소리쇠, 김서방, 이복룡은 동서남북으로 빙빙 돌며 대립한다.

이복룡　　(무리에서 빠져나오며) 고만혀요.

동록개　　그래요. 고만혀요. 내일 또 완산칠봉 관군헌티 쳐들어가야 할 사람들끼리 뭔 쓸데없는 농지꺼리여요, 농지거꺼리가.

이복룡　　백성 등친 놈들은 다 그놈이 그놈 아녀요?

김서방　　그걸 몰라 묻나? 그래도 좀 더 나쁜 놈이 있겠지. 말 나온 김에 끝장을 보자.

동록개　　전라감사 김문현이가 질로 나쁜 놈이요. 지들 도망갈라고 성 밖 민가에 불을 질렀잖어요.

김서방　　아조아조 숭악허지. 뭐, 그 덕에 우리는 쉽게 들어왔는디….

소리쇠　　사람들한테 물어봅시다. 나쁜 말 많이 나오는 놈이 나쁜 놈 대빵이것지.

네 사람은 객석으로 내려가서 세상에서 제일 나쁜 놈이 누구인지 물어본다.

소리쇠　　(관객의 답을 듣고) 그려, 세상에 나쁜 놈들 많지. 헌디 변사또가 요새 시상을 비웃음선 한 마디 하등만. 지는 그리도 얼마나 깔끔허게 물러났냐고.

김서방 (고개를 갸웃하다 무릎을 치며) 그렇지! 변사또가 딱 한 가지 잘헌 일이 있지. (모두가 의아하게 바라보면) 어사또께서, 너 짤라븐다, 했을 때, 항소도 안 허고 깨깟허니 물러났지. (변사또 흉내) 어사또, 내가 잘못했소. 목심만은 살리 주시옵고, 대신 감봉으로⋯ (눈치 보고) 봉고파직⋯ (눈치 보고) 거잉은⋯ 에라, 모르것다. 맘대로 허소.

소리쇠 말 한번 잘허네. 요즘 관리며 의원들은 뇌물 먹다 얹히고 체해서, 재판장에 가믄 이리 말허드만. "우리 마누라가 한 일이라 나는 모릅니다. 기억이 통~."

이복룡 인제 그만해요.

김서방 (무시하고) 허허이. 모르는 일이라고? 너 빼고 다 안다, 이놈들아.

소리쇠 "모든 것을 솔직하게 다 말했습니다. 법의 현명한 판결이 있을 것입니다."

김서방 "이것은 정치 탄압입니다. 진실은 역사가 알아줄 것입니다."

이복룡 다 나쁜 놈들인디⋯.

소리쇠 (무시하고) 변사또가 살았으면 아마도 이렇게 말했으렸다. "나를 가리켜 탐관오리? 사리사욕, 매관매직, 가렴주구, 타락과 부패의 극치를 보여주는 그 탐관오리? 수백 년 지났어도 한 개도 안 바뀐 내 나라 조선아. 허기와 남루로 고

통받는 백성의 원성은 하늘에 닿았고, 탐관오리 수도 없이 판을 치는 내 나라 조선에서…"

김서방·동록개 (전두환을 흉내 내며) "왜 나만 갖고 그래."

이복룡 (과하게 화내며) 인제 그만혀요. 지 정신이요? 어떻게 난봉꾼 편을 들어요?

김서방 왜? 겁나게 재미지고만. 이 장사도 재미진감만. 말도 길게 허고. (소리쇠 보고) 거, 헌 김에 조금만 더 해 보시오.

소리쇠 그럴까? 둘째가라면 서러워할 탐관오리 조병갑이 놈 성깔 한번 보자. 그놈이 갖가지 명목으로 수탈을 행하는데, 오 뉴월 개처럼 거드럭거드럭허는 꼴이라니. (판소리 가락으로) 과중 세금 징수하고 양민 재산 갈취하고 나 홀로 부귀영화라. 매관매직 관직매수 잡색양반 주지육림 구실아치 졸부들과 짝패 지어 토색질로 호의호식이라. 이놈아, 정신을 차리거라.

김서방·동록개 정신을 차리거라, 이놈들아!

이복룡 지 먼저 들어갑니다.

동록개 잘 놀다가 왜 그려?

이복룡이 대답 없이 들어가려고 하면.

동록개 백정이라 말도 안 섞는 겨? 지가 정승댁 도령인 줄 아는 개비.

소리쇠 에이, 재미지다가 말었다. 불퉁거리들 말고 다들 들어가서

자자고.

김서방　복룡아, 오줌 싸고, 같이 들어가자. 가지 말고 기다려.

김서방은 주변을 살피다 소변을 눈다. 이복룡이 멀리서 기다린다.

소리쇠　복룡이 쟈가 아고똥허게 톡톡 불거진단 말이여.

동록개　암시랑토 안 혀요. (주저있아 민숨늘 쉬고) 이곳선 백정 소리 안 들을 줄 알었는디… 똑같네요.

소리쇠　암시랑토 안 헌담선? 아직 어려서 그러니 맘 쓰지 마시게. 거 누가 또 이곳에서 차별허든가? 차별 없으니, 소백정이 며 갖바치, 홀아비, 과부, 돈 없는 사람, 돈 있는 사람, 격 없이 모이는 것 아닌가.

동록개　그건 또 그려요. 여기나 옹게 갓 쓴 양반이랑 말도 섞고 그러지요. 그건 감동이어요, 감동. (한쪽을 보며) 저 씨름하는 아가 힘은 장산가 몰라도 한참 애구만요. 자슥이 저러믄 부모가 욕먹을 것인디.

이복룡　(다시 들어와서) 뭐라고? 다시 말해 봐. 부모가 어떻다고?

동록개　실언을 했구만. 죄송스럽네.

이복룡　덤벼. 붙어보자고.

김서방　(소변을 보고 나오며) 저것이 또 매급시 그러는구나. 완산칠봉 서 포탄 날아올지 모른디 같은 편끼리 뭔 싸움이여?

동록개·이복룡　같은 편?

동록개　같은 편이라고요? 황송시럽네요. (이복룡에게) 내가 크게 잘못했구만요.

이복룡 (못마땅해서) 같은 편은 무슨 같은 편? 암껏도 아닌 것이….

소리쇠 그만들 허시게. 우리가 어디 보통 사인가? 누구 말대로 완산칠봉서 날아온 총알 포탄으로 지금 당장 죽을지도 모르는디, 그믄 다들 저승 동기 아닌가? (흥얼거림·상엿소리) 저승길이 멀다더니 내 눈앞이 저승이라 육자배기 부르면서 사이좋게 저승 가세 이제 가면 언제 오나 어이 가리 넘차 어화 넘차.

동록개 목청 참 좋소.

김서방 그 정도도 못 허믄 전라도 사램이더냐?

소리쇠 아따, 전주서 소리허믄 귀명창 땜시 심들다듬만, 전주 사램이라고 귀명창 노릇을 다 허네, 잉.

김서방 귀명창이 따로 있가디? 잘헌다, 못헌다, 허믄 귀명창이지.

동록개 맞네요, 맞어. 그러고 보믄 나랏님이나 소리꾼이나 매한가지여요. 나랏님도 백성의 마음을 얻어야 성군이 되고, 소리꾼도 청중의 마음을 얻어야 명창이 되는 거 아닌가요?

소리쇠 그렇고만. 나랏님은 백성이 허는 말을 잘 알아들어야 허고, 백성은 나랏님들이 조선 팔도 잘 다스리도록 잘 헌다, 못 헌다, 추임새를 넣어줘야 허지 않것는가?

동록개 그럼 상전님네들이 소리꾼이고, 동학군이 귀명창이란 말씀인가요?

소리쇠 자네 말이 딱이네. 우리가 여그 왜 있는가? 나랏님네들이 백성 맴 몰라주고, 상전이고 중전이고 하전이고 돈밖에 모르는 시상 때문 아닌가? 자, 허고 싶은 말 있으믄 외쳐 보시게.

동록개 밥 좀 나눠 먹어요. 혼자만 배불리 먹는 자는 벌하시오!

다같이 벌하시오!

김서방 (큰 소리로) 아전 육방 놈들 땜에 못 살겠소. 벌하시오!

다같이 벌하시오!

소리쇠 나랏님들이여! 백성의 말을 벗대로 냄내로 해식하지 마시 옵고, 백성들이 말하지 못하는 것까지 두루두루 보고 듣 고 살피는 명창이 되시옵소서!

김서방 모이시오. 모이시오. 선량하고 용기 있는 조선 땅 백성은 모두 모이시오.

이복룡 낫 들고 모이시오. 괭이 들고 모이시오. 쇠스랑 들고 모이 시오. 대나무 비어 날 세워 들고 모이시오.

동록개 저 너머 살맛 나는 세상 우리 손으로 만듭시다요.

다같이 가보세 가보세 가보세. 민심은 천심, 천심은 민심. 가보세 가보세 가보세. 민심은 천심, 천심은 민심.

소리쇠 아따, 오늘도 잘 놀았다. 이것이 사람 사는 세상 아닌가.

(E) 포탄 소리.

포탄이 곳곳에서 터지고, 모두 급하게 흩어진다. 암전.

5막 〈여자 이소사〉

인형극. 최미영과 박순정이 홍계훈과 전봉준 인형을 의자에 앉
히고 마주 보게 한다. 김문단이 주위에 관군들 인형을 가져다 놓
는다.

최미영 전봉준과 홍계훈의 대담 장면. 대담은 여러 번인데, 줄였
어. 홍계훈은 도광수, 전봉준은 전기준, 관군은 김문단이
맡아.

도광수 (나오며) 좋은 것 좀 달라니까.

전기준 (나오며) 배역에 좋고 나쁜 게 어딨어?

도광수 맨날 전봉준만 하니까 모르지. 악역의 슬픔을.

김문단 주연 님, 조연 님, 여기 단역도 있습니다요.

각자 인형 옆에 앉는다. 홍계훈(도광수), 전봉준(전기준), 관군들
(김문단).

최미영 자, 시작하자. 홍계훈부터.

(홍계훈) (멋을 내며) 우리의 공격으로 피해가 심각하다고 들었다.

(전봉준) 그대의 손해도 꽤 클 것이오. 포격으로 민가 수천 호가 불
에 탔고, 태조 어진을 모신 경기전도 훼손됐소. 조정의 썩
은 무리가 그대를 가만둘 것 같소?

(홍계훈) 그대가 걱정할 일이 아니다.

최미영 잠깐! 홍계훈과 전봉준 목소리 톤이 너무 똑같아.

도광수 왜? 간신 목소리로 해? 홍계훈이 악역인가? 아니잖아.

최미영 누가 그렇대?

도광수 전봉준은 주인공이라 목소리 좋고, 홍계훈은 반대편이라 목소리도 비열하다, 이런 편견을 버려.

최미영 그 말 아니거든? 차별점이 없잖아.

(홍계훈) (무시하고, 최미영 보며) 네가 걱정할 일이 아니다.

최미영 이대로 할 거야?

(홍계훈) (목소리 톤을 높여서) 그만 항복해라. 지금껏 무수한 반란과 민란이 있었지만 모두 궤멸하였다.

(전봉준) 조선도 그 반란 중 하나가 성공한 것 아니오?

(홍계훈) 역적의 무리 같으니….

(전봉준) 반란이 아니오. 곪고 썩은 것을 도려내 조선의 기강을 바로 세우려는 것이오.

최미영 … 관군들 뭐 하니? (돌아보면 김문단이 딴짓을 하고 있다) 김문단. 관군들 나와서 소리쳐야지.

김문단 (놀라서) 죄송합니다. 잘할게요. (큰 소리로) 역전의 무리는….

도광수 농민군이 역전의 용사냐?

김문단 예? 왜요? 아, 죄송합니다. 입이 자꾸 꼬이네요. 다시 할게요. (입을 풀고) 역, 적, 의 무리는 속히 해산하라. (힘없이) 해산하라. 해산하라.

도광수 농민군이 임신부냐? 꼭 지자체에서 아이 낳으라는 것 같잖아.

최미영 딴지 좀 그만 걸어.

도광수 (홍계훈 목소리로) 돈을 줄 것이니 우리 고을에서 아이를 낳아라, 낳아라, 낳아라. 첫째는 백만 원, 둘째는 오백만 원….

최미영 잠깐! 우리 작품이 왜 다시 전봉준 중심이 됐지?

도광수 그럴 수밖에 없다니까. 소리쇠, 김서방, 동록개 모두 주연 감은 아니야. 조연도 쫌 그렇고. 그냥 출연진. 농민군 일, 이, 삼! 중요한 건 이름 있는 전봉준과 홍계훈이야.

최미영 배우님, 그만 나대서. 그 이름 없는 사람들이 죽창을 들었고, 촛불 들고 세상을 바꿨어. 3·1운동, 4·19혁명, 5·18 민주화운동, 6월항쟁, 촛불혁명….

도광수 아, 반성! 반성!

최미영 선배님, 동학에 여성은 없었을까요?

박순정 세상의 절반이 여성인데 왜 없었겠어? 시대가 남자 중심이고, 여자들은 이름도 없던 시절이니까… 재미있는 이야기 해줄까? 1800년대 경기도 이천의 이소사와 전남 장흥의 이소사가 있어. 한 사람은 천주교 박해 순교자, 또 한 사람은 말을 타고 다니던 동학의 여성 지도자.

최미영 이름이 같다는 게 흥미 있어요.

박순정 소사는 이름이 아니라 양민의 아내나 과부를 이르는 말이야.

최미영 아버지가 이씨인 유부녀?

박순정　전투 현장에도 여성이 있었었겠지. 그리고 죽창 들고 나간 남편을 바라보며, 기다리며 비손하던 여인들. 〈정읍사〉 여인처럼 숱하게 많았을 가정의 전사들.

암전.

6막 〈여자 언년이〉

한쪽 밝아지면, 소리쇠(소민철)와 무장댁(홍아영)의 집. 아이를 업고 무릎을 꿇은 무장댁.

무장댁 아이고, 못난이 아부지요. 안 돼요. 안 돼. 그리는 못 헙니다.

소리쇠 (죽창 들고 나오며) 가야 혀. 이번 참에는 꼭 갈 것이구먼. 죄다 몰려갔는디 나만 이럴 수도 없잖어.

무장댁 그러다가 우리 동네 남정네들 제삿날이 다 같은 날 되믄 어쩐대요?

소리쇠 어쩌긴. 동네 여편네들 죄다 뫼서 합동 지사 지내. 외롭든 안 하것네. 쌀은 자네가 다 대소. 애끼들 말고.

무장댁 농이 나오시오?

소리쇠 농이라도 안 허믄 어쩔 것이여… 내가 가서 엎어 버릴 것이여.

무장댁 어찌 엎는대요?

소리쇠 팍, 엎어 버려야지.

무장댁 뭔 힘이 있다고….

소리쇠 개새끼도 지 밥그릇 차믄 컹컹 짖고, 송아치도 받아 버리는 것이여.

무장댁 개는 이빨 있고, 소는 뿔도 있지만 당신은 뭐시가 있다고….

소리쇠 언제는 뭐시가 있었가디? 기냥 물고 받아 버리지 뭐.

무장택 나부텀 물고 받고 가시오. 못난이 아부지요.

조명 꺼지고.
중앙 밝아지면, 아이를 업은 언년이(박순정)가 누군가를 찾는 듯
기웃거린다.

언년이 저기, 말 좀 물어요.

이복룡(이목련)이 언년이와 부딪친다. 언년이가 잡으면 모른 척
나간다.

언년이 저 싸가지. 저것이 뉘 집 자슥인디 저런대. 눈깔을 어따 치
켜들어. 개똥 아부지 한 줌 거리도 안 되는 것이 까불기
는… 야, 내 남편이 닭 모가지는 눈 깜짝헐 새에 비틀어 버
리는 사램이여. 돼지 멱도 단칼에 쑤셔 박어. 그뿐이간디?
초가집만 헌 칡소도 쇠망치 한 방으로 때리잡어. 내 남편
만나믄, 너 기언시 찾아낸다. 조심히라.

언년이가 사람들에게 말을 건다. 김서방(김문단)이 지나가며 본다.

언년이 개똥이 아부지? 아, 말똥이 아부지라고요. 죄송시럽네요.

김제 원평서 온 개똥이 아부지 아시오? 저 집은 딸이 개똥
이라고요? 우리는 아들이 개똥인디.

김서방 (살피다가 다가와서) 누굴 찾으시오?

언년이 혹시, 우리 개똥이 아부지 봤소?

김서방 개똥이 아부지? 조선 팔도 쌔고 쌘 이름이 개똥이 아니믄
소똥이고, 소똥이 아니믄 말똥이고, 말똥이 아니믄 그냥
된똥인디. 어찌 찾을라고?

언년이 어쩐대요? 우리 개똥이 아부지가 존 세상 만들어 보것다
고 녹두장군 따라나섰는디… 밥은 먹고 댕기는가, 궁금히
서….

김서방 걱정 마시오. 넉넉허든 안 히도 끼니때마동 나눠서 먹으니.

언년이 참말이오?

김서방 지랄 같은 시상서 부부지정(夫婦之情)이 참 좋소. 농민군
으로 나선 사람이 이 산 저 산 뻐꾸기마냥 한둘도 아니건
만… 뻐꾹, 뻐꾹.

언년이 이 산 저 산 뻐꾸기, 말도 마소. 저놈의 새 울어 싸면 난리
만 나더라고.

김서방 저쪽에 몰려들 있으니 가보시오. 혹시 아오? 뻐꾹, 뻐꾹.
여그 와서 총에 포탄에 죽은 놈이 솔찬혀서 어쩔랑가 모
르것네. 뻐꾹, 뻐꾹. (도망치듯 나간다)

언년이 저, 저런. 개똥 아부지 찾으믄 너도 기언시 찾아낸다. 조심
혀, 목구녘서 때꾸장물이 좔좔 흐르는 놈아.

언년이가 주저앉았다가 다시 기운 내 찾아 나선다. 달을 보고 멈춰서 비손 한다.

언년이　(흥얼거림) 달아 달아 밝은 달아, 중천엘랑 높이 떠서 내 낭군을 비춰다오. 내 님 앞길 밝혀다오.

언년이의 주명이 줄어들고, 소리쇠·무장댁의 집 밝아진다.

무장댁　(바짓가랑이 붙잡고) 꼭 가야긋소? 소리꾼이 죽창 들고 따라간다고 그 사람들이 반겨 주것소?

소리쇠　그건 바라도 안 해. 기냥 내가 하고 싶어서 그려.

무장댁　하고… 싶다고요? 기냥 당신 좋아허는 소리나 여그서 평생 허시오.

소리쇠　우리 팔자를 봐.

무장댁　뭐가 어때서요. 처자식에 남편 있것다, 내일 먹을 곡식도 있것다.

소리쇠　그 곡식이 얼매나 갈 것 같어. 아전 속전 잘난 윗전들이 기냥 놔두것는가? 우리가 어찌 지냈는가? 여름 한철이나 시꺼먼 꽁보리밥 얻어먹지, 여니 땐 편편 굶구 지냈잖어.

무장댁　(포기한 듯) 그려요. 근다고 옷이라도 변변혀? 삼복에 무명 것 친친 감구 살지, 동지섣달엔 맨발에 홑고쟁이 입구 더 얼덜 떨고… 그러구서두 일은 육즙 나게 하지. 말이나 소도 우리보단 나을 겨. 도무지 사람 꼴루 뵈들 않는걸….

소리쇠   그렇게두 못 먹구 헐벗구 뼈가 휘게 일허고, 그러고도 밤 낮없이 뺏기는디… 소리꾼 신세나 백정 신세나 소작농 신세나 다들 개돼지만도 못하지… (진지하게) 생전 뭐가 허고 싶다는 것은 첨 일이여. (서두르며) 자네는 집안 단속 잘 허고 있어. 못난이 잘 키우고. 아버지 제사 빼먹들 말고.

무장댁이 울며불며 매달려도 반응은 차갑다. 소리쇠가 밀치고 뛰어나가면.

무장댁   (외침) 못난이 아부지! 꼭 돌아와요. 꼭이요! (퍼더버리고 앉아, 타령조로) 알지요, 알지요. 붉은 죽창 들고 뛰쳐나간 심정이야, 알지요. 정히 가고 잡으면 가시오. 살아생전 당신이 뭐가 허고 싶다는 것이 참말로 첨 일이요.

소리쇠   (가다가 멈춰 서서, 혼잣말) 미안허고만. 헌디 어쩔 것이여. 우리 같은 무지렁이들이 지금 아니믄 언제 또 이런 난리를 낼 것이여? 목청껏 소리라도 한바탕 지르고 올라네.

무장댁   그려요. 서녘 해 붉게 저물도록 조선 땅 자랑처럼 누비시오. (힘 있게) 녹두꽃 하르르, 하르르, 지더라도 살아만 돌아오소. 살아만 돌아오소.

슬픈 음악 이어진다.
달빛 아래, 양쪽에서 아이를 업은 언년이와 무장댁이 비손한다.

언년이 달아 달아 밝은 달아, 중천엘랑 높이 떠서 내 낭군을 비춰
다오.

무장댁 달아 달아 밝은 달아, 중천엘랑 높이 떠서 내 님 앞길 밝혀
다오.

언년이 달빛 아래 녹두꽃아, 내 낭군을 비춰다오.

무장댁 달빛 아래 녹두꽃아, 내 님 앞길 밝혀다오.

언년이·무장댁 달빛 아래 녹두꽃아, 허허벌판 잠 깨워라. 두둥실 두
리둥실, 허허벌판 잠 깨워라.

무장댁의 조명이 차츰 꺼지고.

비손하는 언년이를 보는 전봉준(전기준). 조금은 불안하고 두렵다.

전봉준 아! 내가 저 여인을, 저 깊은 슬픔에 빠지게 했구나. 지금
내 아내도 울고 있는가? 내 어미도 울고 있는가? 내 자식
도 울고 있는가? … 나는 이미 오래전 죽기를 각오했다.
그러나 정녕 죽을 것인가. 죽을 수 있을 것인가.

동록개(도광수)와 이복룡(이목련)이 지나가다가 비손하는 언년이
를 힐긋거린다.

동록개 (놀라서) 자네, 자네….

언년이 개똥 아부지… 살아 있었네, 살아 있었어.

동록개 여그가 어디라고, 여, 여그까장 어뜩게 왔능가?

언년이   천 리든 만 리든 뭔 대수라요… 밥은 자셨소?

이복룡이 두 사람을 바라본다.

언년이   저거 싸가지 아녀? (화를 참고)
동록개   (아이를 받아 안으며) 여근, 밥 안 먹어도 배부른 곳이여.
언년이   그런 거짓뿌렁이 어딨다요? 안 먹었는디 어떻게 배가 불
        러요?
동록개   아니랑게. 여그가 극락이여.
언년이   전쟁통이 뭔 극락이라요?
동록개   극락이 따로 있가디. 노비 문서 없애라, 넘 가축 잡아먹지
        마라, 불효허고 불충허는 놈 죽이쁘리라, 배고픈 자 배불
        리 먹여라, 아픈 사람헌티 약 줘라, 이렇게 사는 디가 극락
        이지.
언년이   (아이를 다시 안는다) 개똥 아부지, 나랑 같이 집이 갑시다.
동록개   안 된당게. 나는 여그 있어야 혀.

언년이가 동록개에게 과하게 달려든다. 동록개가 언년을 뿌리친
다. 언년이가 아이와 함께 넘어진다. 이복룡이 동록개에게 달려들
며 멱살을 잡는다.

이복룡   이 백정도 누구랑 똑같은 놈이었구만!
동록개   백정? 백정?

이복룡　너 같은 놈은 혼이 나야 해.

동록개　(같이 멱살을 잡고) 내가 너만치 힘이 없어서 가만있는 줄 아냐? 내가 닭 모가지를 눈 깜짝헐 새에 비틀어. 돼지 멱도 단칼에 쑤셔 박고. 황소 칡소도 쇠망치 단번으로 쓰러트린다. 알것냐?

반항하지만 꼼짝도 못 하는 이복룡. 동록개가 한 대 때린 뒤 밀리 던진다. 이복룡은 정신이 번쩍 난 듯.

동록개　왜 근 줄 아냐? 그리야 가장 안 아프게 죽일 수 있응게. 미물이라도 생명은 귀헌 것잉게. 개돼지만도 못허다는 백정도 생명 귀헌 줄은 앙게. 근디 너는 좀 아프게 맞어야것다.

이복룡이 다시 달려든다. 언년이가 달려와서 말린다. 언년이가 이복룡을 안아준다.

언년이　그라지 마쇼. 야가 뭔 잘못을 했다고 그러쇼.

동록개　백정. 그놈의 백정 소리 징글징글허고만.

언년이　야는 당신이 나 때릴라는 줄 알고 달라든 거여. 알도 못험선.

동록개　아녀. 분명히 백정이라고 혔어.

언년이　백정을 백정이라고 혔는디, 뭐가 잘못이여? … 인자 그만 혀요. 등치만 컸지 애 아녀. 다친 디는 없냐? 너 같은 애가 뭣 헌다고 여그까장 왔냐? 집이서 걱정헐 것인디. 후딱 집에 가그라. 안 그러믄 너 뒤진다.

이복룡 (풀이 죽어) 죽든 말든 뭔 상관이요?

언년이 뭣이 어쩌고저쩌? 불퉁거리들 말고… 우리도 사는 게 힘들다.

이복룡 맥없는 소리 마쇼.

언년이 눈 똑바로 뜨고 댕거. 썩은 동태눈깔같이 멍허가꼬 이 험준헌 세상을 어치게 살래?

이복룡 뭔 상관이요?

언년이 대체 머시 될라고 그러냐? 천지에 부모 맴은 다 똑같어.

이복룡 뭘 안다고 그러시오.

이복룡이 인사를 꾸벅 하고 도망치듯 나간다. 숨어서 두 사람을 본다.

언년이 참말로, 여그서 저런 애까장 봉게 당신헌티 집이 가자고 말도 못 허것네….

동록개 … 임자, 여그, 동지들이 있어. 말도 걸고, 행동은 거칠어도 나이 따라 성님 동생 험선 재미지고만. 글고… 나는… 소, 돼지 그만 줘기고 농사짓고 싶어. 내가 거둔 곡식이 내 것인 세상을 만들고 싶어.

언년이 몸이 성히야 존 세상이든 안 존 세상이든 함께 살 것 아녀? 당신 죽고 나믄 뭔 소용이여.

동록개 내가 아녀. 나 때문이 아녀. 나는 죽더라도 자식 놈들 사는 세상 잘 맹글어 보자고 허는 것이여.

언년이 … (무언가 다짐한 듯 수긍하고) 그려. 우리는 못 살아도 자슥이 있응게. (농민군 전체를 보고) 그려, 모두 다 죽으시오. 사람이 사람답게 사는 세상 만들자고, 사람이 사람을 하늘처럼 받드는 세상 만들자고, 처자식 버리고 온 사람들 아니오? ㄱ 세상 못 만들겠거든 다 죽으시오. 이 자리시 꽉 혀 깨물고 죽으시오. 내가 여그서 당신네들 밥히 줌선 똑똑히 지켜볼 참이요. 우리가 잘 싸우믄 자식 놈들 사는 세상은 백정도 책 읽고 양반도 괴기 썰고 마나님도 밥 짓고 냇가서 빨래허는 그런 세상 오것지요?

언년의 비손이 다시 시작된다. 암전.

7막 〈씨름꾼 이복룡〉

중앙에서 소리쇠(소민철)가 흥얼거린다. (민중가요 〈어머니〉 참고)

소리쇠 (넋두리하듯) '사람 사는 세상이 돌아와, 너와 내가 부둥켜 안을 때, 우리의 다리 저절로 덩실, 조선의 거리로 달려나 간다, 죽어간 동지의 뜨거운 눈물, 아, 어머니 해맑은 웃음 의 그날 위해…' 암만! 죽을 때 죽더라도 노래험선 죽어야 제. 노래험선 죽은 귀신은 인물도 좋다고 안 혀. 웃는 상이 라… 이 노래가 메아리로 남아서 조선 산천 휘휘 돌고 돌 다가, 진달래로 민들레로 산꽃 들꽃 지천으로 펴서 고운 님 상여 나갈 때 살포시 반겨주면 얼매나 좋을 것인가. 이 것이 사람 사는 세상 아닌가?

이복룡(이목련)이 타달타달 걸어온다.

소리쇠 우리 씨름대장 쌈대장이 왜 이려? 기운이 쏙 빠졌네.
이복룡 소리가 좋소?
소리쇠 좋제. 너도 씨름 좋아허잖어.
이복룡 나는 씨름 안 좋아허요. 아부지가 좋아허제.
소리쇠 그럼 니가 효자구나.
이복룡 딸내미 있소? 이름이 뭐요?

50

소리쇠	이름은 뭣 허게?
이복룡	가난한 집 딸은 모두 언년이요?
소리쇠	(놀라서) 언년이?
이복룡	소잡이 마누라가 왔는디, 언년이라고 허데요. 우리 엄니도 언년이라고 혔는디.
소리쇠	조선 팔도 여자 이름이 언년이 아니믄 간난이고, 간난이 아니믄 섭섭인게. 내 어머니도 언년이, 내 가시도 언년이, 내 딸도 언년이.
이복룡	뭔 이름이 그런대요?
소리쇠	딸 낳아 섭섭해서 섭섭이, 갓 낳아서 간난이, 어찌 계집앤가 언년이. 너는 복 받은 거여. '복' 자에 '룡' 자에, 이름이 겁나게 좋잖여.
이복룡	그깟 이름….
소리쇠	아버지 어머니헌티 잘혀.
이복룡	상관 마세요.
소리쇠	아따, 근디 오늘은 어짠 일로 입이 터졌냐? 별일이다, 잉.

전봉준(전기준)이 나온다. 소리쇠와 이복룡이 공손하게 인사한다.

전봉준	여기 있었구나. 너에게 할 말이 있다.
소리쇠	너는 인자 큰일 났다. 낮에 시비 붙은 거 들켰는갑다.
이복룡	싸울 만헌게 했죠.
소리쇠	녹두 장군님께 무슨 말버릇이냐?

전봉준	씨름대장이 아니라 싸움대장이구나…. 복룡아, 너는 왜 이 곳에 왔느냐?
이복룡	동학 세상을….
전봉준	솔직하게 말해라.
이복룡	배고파서요.
소리쇠	차라리 부잣집서 머슴을 살제. 근디, 황소들은 다 어쨌냐? 솔찬허게 벌었을 판인디.
이복룡	황소 시 마리, 염소 시 마리, 곡식은 솔찬혔지요.
소리쇠	아따, 오지다. 효자네, 효자여. 그거 다 어쨌냐?
이복룡	어쨌긴요. 아부지란 작자가 기생집서 투전판서 날려 묵 었죠.
소리쇠	홀라당?
이복룡	홀라당.
소리쇠	엄니는?
이복룡	작년에 가싯어요.
소리쇠	어찌다가?
이복룡	화병(火病)이것지요. 노름에 난봉질에 주먹질에 어찌 버티 것어요.
전봉준	그래서 늘 화가 나 있었던 것이냐?
이복룡	….
전봉준	공손하게 지내보렴. 다들 너를 걱정한다.
소리쇠	새겨들어라. 다 너 잘되라고 허는 소리여!
이복룡	….

소리쇠　　옴마, 야가 왜 대답을 안 혀. 또 병이 도졌고만. 장군님 말
　　　　　　쏨허시는디.

　　　　　　이복룡이 말없이 인형극 무대 쪽으로 간다. 인형극 무대가 밝아
　　　　　　진다.
　　　　　　인형극. 칠월 스무날 고산천 근처 당산나무 아래 모래판. 주민
　　　　　　1(도광수), 주민2(박순점), 심판(최미영), 아버지(김문단), 어머니
　　　　　　(홍아영), 이복룡(이목련), 최봉래(소리쇠).

(주민1)　올해는 당산제도 풍년이네. 겁나게들 왔어.

(주민2)　당산제? 사램들이 여그 사형터서 죽고, 강에 빠져 죽은 원
　　　　　　귀들 달래자고 왔것능가? 상씨름에 이복룡이가 나옹게,
　　　　　　갸 귀경헐라고 몰려왔겄지.

(주민1)　나는, 갸가 나오믄 재미가 읍써.

(주민2)　아, 왜?

(주민1)　기냥 다 이겨 버리잖어. 으라차차 허믄, 일사천리로다가
　　　　　　끝내 버린당게. 힘도 좋고 기술도 좋은디, 외궁덩이가 일
　　　　　　품이제.

(주민2)　복룡이 갸는 기저귀 벗음선부텀 씨름판서 놀았다등만.

(주민1)　인자 열시 살 묵은 놈이 뭔 힘이 그리 장산가. 다섯 살 때
　　　　　　애기씨름 띠고, 열한 살 때 중씨름 띠고, 열두 살 먹음선부
　　　　　　텀 상씨름 나갔잖여. 공장했지.

(주민2)　한가락 헌다는 삼례 한량들도 갸 앞서는 두 손을 꼭 모

으고 댕기드랑게.

(주민1) 그래서 사람들이 복룡이 앞에서는 힘자랑허지 말라고 혀 쌓데.

이복룡이 으스대며 나온다. 심판이 이복룡 목에 샅바를 걸고 모 래판 돈다.

(심판) 첫 번째 선수는 전라도 전주부 봉상서 온 이복룡이오. 도 전할 사람은 나오시오. 작년에 여그서 황소를 탔고, 충청 전라 어딘가서도 황소를 탔소.

(봉동씨름은 도전자가 없을 때까지 계속 경기를 하는 방식. 맨 끝 에 남은 승자가 우승. 도전자 숫자는 상황에 맞춰서 연출) 마지막 도전자, 거구의 최봉래가 나온다.

(심판) 도전자 나왔소. 누군가 혔더니, 왕년의 천하장사, 최봉 래요.

심판이 최봉래 목에 샅바를 걸고 모래판을 빙빙 돌면서 끌고 다 닌다.

(주민1) 저 사람이 복룡이 나오기 전까장 황소 타 간 최봉래여.
(주민2) 아, 전국 씨름판을 누볐던 봉래들 중으 하나고만. 최봉

래, 강봉래, 도봉래, 임봉래, 한봉래. 이 다섯 장사들이 전국 씨름판에서 타온 소가 이백 마리도 넘는담선.

(주민1) 공장했지. 근디, 복룡이 나오고서는 기운을 못 쓰잖여.

샅바를 왼쪽 다리에 낀다. 두 선수가 선 자세로 샅바를 잡는다.

(심판) 우리 전라두는 어디까장 오른씨름이여. 이것이 진짜 씨름잉게. 자, 시작허세.

이복룡과 최봉래의 씨름. 팽팽하게 맞서다 이복룡이 배지기로 상대를 쓰러트린다.

(심판) 또 도전할 장사 없소? 없소? 작년에도 올해도 씨름 장사는 열시 살 전주 사는 이복룡이오.

황소 등에 탄 이복룡. 모래판을 한 바퀴 돈다.
술에 취한 이복룡의 부친이 달려 나온다. 이복룡이 소 등에서 떨어진다. 아버지가 황소를 빼앗아 간다. 이복룡이 아버지를 멍하니 바라본다.

(아버지) 정읍 산외 장날이 낼모레다. 거그서도 쓸어 오자.

이복룡이 고개를 가로젓는다. 아버지가 이복룡을 때린다. 어머니가 달려와 말린다.

(어머니) 참말로 인자 그만 좀 혀요. 애헌티 시킬 일이 따로 있지 이
게 뭔 짓이어요.

(아버지) 이놈의 예편네가 재수 없고로 어디서 주둥이를 나불거려.

이복룡의 아버지가 어머니에게 폭력을 가한다. 어머니의 비명. 두
사람을 멍하니 바라보다 절망하듯 주저앉는 이복룡.

이복룡 그날도 다 뺏겼어요. 아버지헌티. 한두 번도 아니라 이골
이 날 만도 헌디 그날은 유독 야속하더라고요. (객석을 바라
보며 진지하게) … 부모란 뭔가요?

인형극 무대 조명 꺼지고. 중앙 밝아진다.

소리쇠 복룡이 야가 솔찬히 억울허고 아팠것네.

이복룡 엄니 죽고, 엄니 보고파서 무작정 걸었는디, 저 멀리서 포
슬포슬 연기가 오르고, 사람 소리도 들리고, 밥 익는 냄새
가 났어요. 밥내요. 엄니한테서 났던 냄새예요. 여그 형님
들, 아저씨들, 아주머니들이, 어서 오라고, 밥 먹었냐고, 허
는디, 왜 자꾸 눈물만 나든가… 하루, 이틀, 사흘…, 집이
갈라고 혔는디, 발길이 안 떨어지데요. 존 세상이 뭔지는
몰라도 같이 있어 볼라고요.

전봉준	네가 무엇을 보고 듣고 느꼈든 절대 잊지 말거라.
이복룡	아까침에 소잡이 부부를 봤어요.
전봉준	우리 모두 봤다.
이복룡	(동록개에게 맞은 곳을 만지며) 한 대 맞응게 정신이 번쩍 나더 만요.
소리쇠	네놈에겐 매가 약이었나 보구나.
이복룡	언니 생각이 간절허네요. 맨날 저헌티 그렸거든요. 대체 머시 될라고 그러냐? 눈 똑바로 뜨고 댕기라. 썩은 동태눈 깔같이 멍히 가꼬 이 험준헌 세상을 어치게 살래? 아부지 잘 피해 댕기고… 거적에 말려 지게 타고 실려 간 우리 엄 니….
전봉준	싸움이 끝나면 꽃상여라도 태워 드리자.
이복룡	송장도 없는디요? 아부지가 어디 버렸는지도 말 안 히 서… 어디서 어느 짐승헌티 뜯어 먹혔는가….
전봉준	내가 네 어머니 이름을 써 주마. 그걸 상여에 넣자.
소리쇠	소리는 내가 해 줌세. 소잡이 부부며 여기서 살아난 농민 군들이 상여꾼도 허고, 곡도 해 주것제. 긍게 잘혀. 툴툴거 리지 말고.
이복룡	고맙구만요. 장군님, 엄니 무덤도 만들어 주실 건가요? 지 는 뭘 할까요? 꽃을 심을까요? 어떤 꽃을 심을까요?
전봉준	그 마음이면 됐다. 어머니를 가여워하는 마음만 변치 말 거라. 그럼 온갖 들꽃이 지천으로 필 게다… 이제 가서 쉬 어라.

소리쇠	내일은 또 귀한 목심들이 얼매나… 허망하고 원통헙니다.
전봉준	죽음이 두려운가?
소리쇠	두렵지 않은 목숨이 어디 있겠습니까.
전봉준	목숨은 소중하지만 조금 당길 때가 오거든 그리하는 것이 사내의 일. 우리는 살기 위해 싸울 것이오. 죽음으로 영원히 사는 길을 선택할 것이오.
소리쇠	명심허것습니다. 그리고 저 아이는….
전봉준	복룡아, 너는 전투에 나가지 말고 성에 있어라.
이복룡	싫습니다. 싸우러 왔는데, 싸워야죠.
전봉준	너무 어리다.
이복룡	그게 무슨 상관입니까? 제가 보통 사내의 서너 몫은 합니다.
소리쇠	장군님 말씀 들어라.
전봉준	힘이 세다고 전투에 나갈 수 있는 것은 아니다.
이복룡	사람들에게 힘이 되고 싶습니다.
전봉준	…. 그렇다면 내 곁에 있거라.
이복룡	장군님 뒤에 숨어 있으라고요? 그건 싫습니다.
전봉준	그게 아니다. 내 곁에서 대장기를 들거라.
이복룡	대장기요?
전봉준	그래. 네가 흔드는 깃발로 우리의 함성이 끊질게 이어지도록 해라.
이복룡	제가 어떻게….
전봉준	이복룡에게 명한다. 깃발을 흔들어라.

이복룡 예.

농민군 함성.

인형극 무대는 완산전투가 벌어지는 현장으로 바뀐다. 관군과 동
학군의 인형을 든 최미영, 박순정, 김문단, 홍아영. 관군과 동학군
이 밀고 당기는 전투는 노란 천과 푸른 천으로 대신한다.
중앙에는 전봉주(전기준), 동록개(두광수), 소리쇠(쇼민철), 이복룡
(이목련)이 각자의 조명 아래 있다.

전봉준 꼭두새벽, 곤히 자는 어린 자식을 뒤로하고, 우리는 비장
한 각오로 이 자리에 섰소. 전라도 곳곳서 모인 만백성은
기필코 우리 땅과 우리 밥과 우리 부모와 우리 처와 우리
자식이 사람답게 사는 길을 지켜내겠다는 각오로 이 자
리에 섰소. 나와 뜻을 같이하는 사람은 모두 함성을 지르
시오.

최미영 (설명하듯) 5월 3일. 마지막 전투의 시작은 달랐어. 동학군
이 공격을 달리한 거지. 경군 본진이 완산칠봉과 용머리
고개에 있는 것을 알았으니까.

전봉준 우리는 백성의 생명을 보호하는 일에 무능한 이 나라, 백
성을 버린 이 나라의 자존을 위해 싸울 것이다.

이복룡 (깃발을 흔들며) 총을 드시오. 칼을 드시오. 낫을 드시오. 쇠
스랑을 드시오. 동지들과 당당하게 나갑시다. 거침없이 나
갑시다.

소리쇠	아따, 우리 복룡이 출세히버릿네. 씩씩한 복룡아, 깃발 더 흔들어버리라.
동록개	진짜 장사가 됐구만, 소년장사여, 소년장사.
이복룡	아제들, 성님들, 욕보쇼.
최미영	동학군은 전주천 건너 완산칠봉 북쪽인 유연대를 공격했어. 농민군의 대대적인 공격을 받은 경군은 남쪽으로 도망. 농민군 다가산 점령. 다시 추격. 경군은 계속 이겼으니까 방심하고 있었을 거야. 농민군은 용머리고개를 가로질러 경군의 본영까지 바짝 다가갔어.
이복룡	우리가 기세를 잡았어요. 관군들이 용머리고개로 물러나고 있어요.
소리쇠	맴 단단히 먹었제? 오늘은 기언시 완산칠봉 날망까장 가자고.
동록개	오늘은 이상허고만요. 어찌 대포도 많이 안 쏜대요?
이복룡	관군들 정신 차리기 전에 퍼뜩 올라가자고요.
동록개	니들이 아무리 소나기처럼 총을 쏘고, 우박처럼 포탄을 내리꽂아도 우리는 끄떡없다. 소년장사 복룡이가 앞에 있응게.
소리쇠	아따, 죙일 뛰댕깃드니 배고파 죽것네.
동록개	완산칠봉 날망서 밥 지어 먹게요. 먼저 죽은 동지들도 배고플 팅게, 고봉으로 떠 놔야 안 허것어요?
소리쇠	거, 좋은 생각이네. 그믄 장군봉 날망서 보세.
이복룡	지금이오. 적군을 추격합시다. 눈 똑바로 뜨고 따라오시

오. 관군 몰아내고 날망서 만납시다.

농민군의 함성.

최미영   그때였어. 농민군이 완산칠봉을 오르려던 순간.

김문단이 홍계훈의 인형을 들고 연기한다.

(홍계훈)   포병대를 전면에 배치하라. 기관총을 쏴라. 유산탄을 퍼부어라. 동학군을 짓뭉개라.

총소리, 대포소리, 비명, 아비규환의 소리들.

최미영   보병대의 레밍턴 롤링블럭과 개틀링 기관총의 집중사격. 견디다 못한 동학군은 한 발 두 발 물러설 수밖에 없었지. 쉬웅, 꽝! 쉬웅, 꽝! …. 장군봉에서 삶의 눈빛을 닮은 관군이 누군가에게 총을 겨누고 있어. 숨을 참고, 하나, 둘, 셋. 탕! 총알은 누군가의 왼쪽 다리에 명중.

전봉준이 쓰러진다. 이복룡이 전봉준을 안는다.

전봉준   걱정 마라. 이걸로는 안 죽는다. 복룡아, 깃발을 흔들어라. 이따위로 농민군의 사기가 꺾여선 안 된다.

이복룡 (깃발을 흔들며) 농민군은 들으시오. 나의 죽음, 우리의 죽음 이 제 뱃속만 채우는 탐관오리들을 척결하고, 사람 목숨 을 함부로 여기는 자들을 꾸짖을 수 있다면 나도 죽음 앞 에서 머뭇거리지 않겠습니다. 나와 함께하시겠습니까?

다같이 나는, 우리는, 당당하게 죽음의 길을 택할 것이다!

총소리, 대포소리, 비명, 아비규환의 소리들.
포탄 터지는 소리. 대포의 파편에 맞은 이복룡이 쓰러진다.

이복룡 나는… 사람을 구하기 위해… 사람을 죽이지 않기 위해 내가 먼저 죽을… 어머니, 아! 어머니….

다같이 복룡아! 복룡아!

소리쇠 (판소리 가락으로) 우리 모두 벼 이삭처럼 쓰러지더라도 한 무더기 꽃으로 다시 피고 다시 피어날 것이니, (구음) 아!

전봉준 (왼쪽 다리에서 피를 흘리며) 아! 너무 많은 사람이 죽었구나. 김순명 장군이여! 참모 선판길이여! 곽 장군, 정 장군이 여! 소년장사 이복룡이여!

농민군들의 구음 같은 노래가 낮게 깔린다. '가보세 가보 세. 가보세 가보세. 민심은 천심, 천심은 민심. 다시 개벽, 다시 또 개벽.'
인형극 무대에 홍계훈(김문단) 인형.
전봉준은 쓰러진 자리에서 일어나 앉는다. 소리쇠가 곁에 선다.

(홍계훈)   총상을 입었다고 들었는데….

전봉준   아직 죽지 않았소. 할 일이 남았다는 하늘의 뜻이겠지.

(홍계훈)   대장기를 들던 아이가 죽었다지?

전봉준   소년장수 이복룡이오.

(홍계훈)   어린아이까지 전쟁터로 내몰아야 했소?

전봉준   내가 묻고 싶은 말이오. 어린아이까지 전쟁터로 내몰아야 했소?

(홍계훈)   여전히 말이 통하지 않는군. …. 더 이상은 어려울 것이다. 그만 항복하라.

전봉준   패전의 타격은 크오. 그러나 우리는 죽음으로 농민군의 사기를 일으킨 소년장수 이복룡을 위해서라도 끝까지 싸울 것이오. (큰 소리로) 나의 죽음이, 우리의 죽음이, 모두가 평등한 세상을 만들지는 못해도 우리와 똑같은 꿈을 꾸는 또 다른 사람들을 만들 것이오.

농민군의 처절한 함성과 낮은 음악이 이어진다.

동록개와 언년이가 터덜터덜 걷다가 뒤돌아보고 멈춘다.

동록개   (큰 소리로) 복룡아, 복룡아! 엄니 만났냐? … (절한다) 천지가 좋아지믄 니랑 니 엄니랑 꽃상여 태워 줄랑게 기둘려라.

언년이   (울다가 멈추고) 꽃상여? 웬 꽃상여 타령이여?

동록개   약속혔거든. 복룡이랑 우들이랑. 누가 먼저 죽든 남은 사람이 해 주기로.

언년이　당신도?

동록개　그려.

언년이　나도?

동록개　그려.

언년이　훗, 백정헌티 상여가 가당키나 혀요?

동록개　동학 세상이 되믄 양반이고 백정이고 없다고 안 혀? 그런 세상이 오믄 복룡이도, 언년이도 꽃상여 태워 주고, 못자리도 존 디로 히주제.

언년이　못자리? 말만 들어도 좋네.

동록개　동네 사람들헌티 들에 핀 꽃 한 송이씩 꺾어 오라고 말헐 거여. 저승 노잣돈으로 꽃 뿌림선 가고, 상여에 꽂아 놓으믄 얼매나 이쁘것어. 참말로 고운 들꽃상여가 될 것잉만.

언년이　들꽃상여요? 좋네, 좋아. 내 상여는 만경강변서 태워 주소. 나는 훨훨 날아갈 것잉만. 사람이 죽으면 산천의 꽃으로 다시 태어날 것잉게 어느 무덤이든 가상에 핀 패랭이꽃 보믄 난 줄 알고. (큰 소리로) 복룡아, 니 덕에 나도 상여 탈랑갑다. 우리가 어떤 꽃으로 필랑가 모르지만, 알은체는 해야 안 허긋냐. 그믄, 이승이든 저승이든 눈 똑바로 뜨고 댕기자, 잉.

소리쇠　(판소리 가락으로) 우리 모두 죽더라도 우리 이름 영원히 살 것이라. 우리 목숨의 혼불이 눈물 나는 꽃빛으로 피어나리라. (구음) 아!

전봉준　(일어나서) 전라도 농민군은 충청도와 경상도의 농민군과 만나고, 경기도와 강원도, 황해도와 평안도의 농민군과 연합해 임금이 있는 한양으로 진격할 것이다. 조선을 구할 것이다. 하늘 같은 조선의 백성을 구할 것이다.

낮게 깔리는 농민군들의 구음 같은 노래. '가보세 가보세 가보세. 가보세 가보세 가보세. 민심은 천심, 천심은 민심. 다시 개벽, 다시 또 개벽.'
암전.

8막 〈들꽃의 넋〉

적막 속에서 들리는 뉴스(전주문화방송 2019년 6월 1일).

(E·뉴스) 유골함을 든 엄숙한 행렬이 무명 농민군의 한스러운 일
생을 위로합니다. … 전주역사박물관에서 시작된 행렬
은 동학군이 입성했던 풍남문, 동학군과 관군이 치열한
전투를 벌였던 완산칠봉을 거쳐….

무대 가득 들꽃이 피어 있다.
주위에 △폭정으로부터 백성을 구하라 △외세의 침략을 배격한
다 △사람이 하늘이다 △잘 가시오 그대여 △이제는 돌아와 평안
속에 잠드소서 △우리는 파랑새를 보았다 △바로 서는 역사 다가
서는 통일 △아! 너무 긴 기다림 등이 새겨진 만장이 펼쳐진다.
배우들이 장식되지 않은 상여를 들고 나온다. 상여에는 언년·이
복룡·동록개·소리쇠를 비롯해 많은 사람의 이름이 쓰여 있다.
배우들이 상여를 한가운데 놓고, 한 사람씩 들꽃을 상여에 놓는다.

전기준 하늘 높이 만장을 앞세우고, 땅이 울리도록 요령을 울리
며, 험난한 시절 당신의 걸음처럼 힘차고 당당하게 한 발
한 발 내딛습니다.

이목련 같은 날 같은 곳에서 같은 이유로 죽어야 했던 이들을

위해.

소민철 이름도 흔적도 없이 산화한 이들과 휩쓸려 죽은 아이들과 여인들을 위해.

도광수 자신의 모든 것을 바치고도 이름 한 줄 제대로 남지 않은 이들을 위해.

김문단 너무 늦었지만, 세상에서 가장 고운 상여를 띄웁니다. 아름다워서 더 슬픈 꽃상여.

박순정 비와 눈과 바람을 이겨내고 피운 세상의 모든 들꽃으로 덮인 들꽃상여.

홍아영 동학농민의 함성이 우거졌던 전주 땅이 이제 당신을 껴안습니다.

최미영 그대가 살았던 들과 강과 산과 바다에 입을 맞추고 이제 저 하늘로 훨훨 날아가소서!

배우들이 들꽃으로 덮인 들꽃상여를 든다.

다같이 꽃이여. 백성의 꽃이여. 넋이여, 백성의 넋이여. 시대를 밝힌 들꽃의 넋이여. 아, 사람 사는 세상이여.

배우들 모두 하늘을 바라본다. 하늘이 차고 명징하다. 암전.

끝.

한국 희곡 명작선 99

들꽃상여

초판 1쇄 인쇄일   2021년 11월 25일
초판 1쇄 발행일   2021년 11월 30일

지 은 이   최기우
만 든 이   이정옥
만 든 곳   평민사
　　　　　서울시 은평구 수색로 340 〈202호〉
　　　　　전화 : 02) 375-8571 / 팩스 : 02) 375-8573
　　　　　http://blog.naver.com/pyung1976
　　　　　이메일 pyung1976@naver.com
등록번호   25100-2015-000102호
ISBN　　　978-89-7115-813-5   04800
　　　　　978-89-7115-663-6 (set)
정　　가   7,000원

이 책은 사단법인 한국극작가협회가 한국문화예술위원회의 2021년 제4회 극작엑스포
지원금을 받아 출간하였습니다.